CB068509

Jaime Ribeiro

Dora
a raça do amor

letramais

Editores: *Luiz Saegusa e Claudia Zaneti Saegusa*
Direção Editorial: *Claudia Zaneti Saegusa*
Capa e Ilustrações: *Paula Zettel*
Finalização de Capa: *Catarina Alecrim*
Projeto Gráfico e Diagramação: *Casa de ideias*
Revisão: *Rosemarie Giudilli*
2ª Edição: *2024*
Impressão: *Gráfica Printi*

letramais

Rua Lucrécia Maciel, 39 - Vila Guarani
CEP 04314-130 - São Paulo - SP
11 2369-5377　(11) 93235-5505
letramaiseditora.com - facebook.com/letramaiseditora

Dados Internacionais de Catalogação na Publicação (CIP)
(Câmara Brasileira do Livro, SP, Brasil)

Ribeiro, Jaime
　Dora : a raça do amor / Jaime Ribeiro ;
ilustradora Paula Zettel. -- 1. ed. --
São Paulo : Intelítera Editora, 2018.

ISBN 978-85-63808-96-7

1. Literatura infantojuvenil I. Zettel, Paula.
II. Título.

18-21216　　　　　　　　　　　　　　CDD-028.5

Índices para catálogo sistemático:
1. Literatura infantil 028.5
2. Literatura infantojuvenil 028.5

Iolanda Rodrigues Biode - Bibliotecária - CRB-8/10014

Para

todas as pessoas do mundo
que lutam todos os dias pelos
cães abandonados.

Davi

Davi é um menino muito inteligente e tem uma imaginação do tamanho da lua.

Adora as histórias que seu pai conta para ele na hora de dormir.

Mal ele começa a ler, sua mente já viaja para o mundo da imaginação. Tem a sensação de que tudo está acontecendo ali, na sua frente. Como se um desenho animado passasse na sua cabeça sem precisar de televisão ou *tablet*.

A sua história preferida é a de um menino que entra num guarda-roupa e do outro lado descobre um mundo encantado, onde os animais falam e as flores têm cheiro e forma de pipoca doce. Toda vez que ouve essa história, dorme sentindo cheiro de caramelo e sorrindo com a fala engraçada do leão tagarela da floresta encantada.

7

8

Sua mãe se chama Clélia, ela é policial, e seu pai se chama Paulo, ele é matemático, mas adora contar histórias e escrever.

Seus pais gostam muito de ir à praia e de viajar para todos os lugares do mundo. Formam um casal que se ama muito.

Naquela noite, estavam todos no restaurante preferido da família.

Alguns adultos conversavam sobre filmes e outros nem falavam. Estavam muito ocupados tirando *selfies* com seus celulares.

O mais engraçado é que as crianças jogavam videogames em seus *tablets* e esqueciam da comida. Até a famosa sobremesa de chocolate crocante do restaurante ficava no prato para depois.

Parecia que os pais de Davi também tinham esquecido dele.

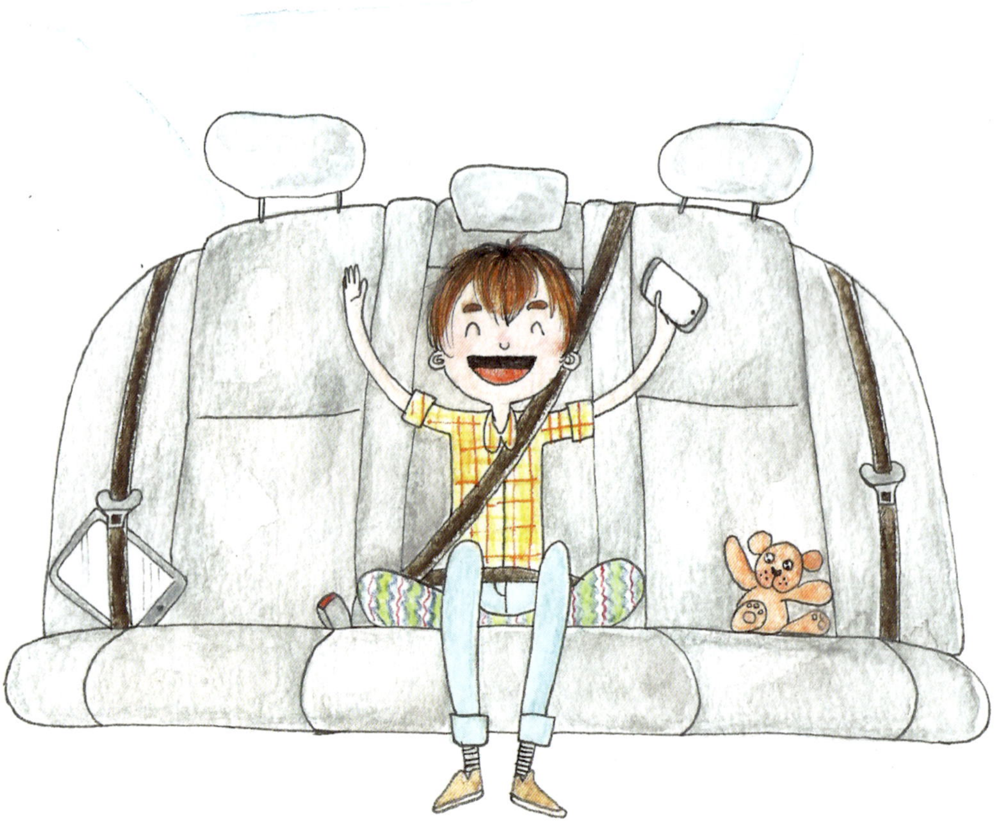

No caminho de casa, o pai perguntou o que Davi mais tinha gostado do jantar.

– Eu gostei de jogar no celular, papai. Eu adoro jogar – respondeu Davi com um sorrisão do tamanho do sorriso do gato de Alice, aquela do país das maravilhas.

– Filho, você não gostou mais da sobremesa de chocolate crocante, ou de conversar com as outras crianças? – o pai perguntou novamente.

– Eu gostei de jogar. Joguei muito! Gosto quando vocês estão conversando porque eu fico jogando e ninguém reclama – falou com a cara mais sapeca do mundo.

12

Já na cama, Davi bocejou e pediu a Paulo que lhe contasse uma história.

– Papai, hoje eu quero que conte uma história de verdade!

– Eu tenho uma muito boa para contar, mas antes quero saber qual o seu animal preferido. Não me diga que é alguma das criaturas dos jogos, pelo amor de Deus! – os dois riram tão alto que a vizinhança inteira deve ter ouvido.

– Não! Eu gosto de cachorro. A mamãe já me perguntou isso. Cachorro é o bicho mais legal do mundo. Ontem eu brinquei com o do meu amigo e foi muito bom! – contou Davi, todo animado.

– Muito bem, vamos deixar o livro de lado. Eu tenho uma história linda para lhe contar.

Paulinho

Paulinho era um garoto que fazia tudo correndo. Até dentro de casa, para sair da sala para o banheiro, ele corria.

Tomava banho correndo e até comia correndo, o que a sua mãe não gostava nem um pouco, dizia que se deve comer devagar para não passar mal; Paulinho falava rápido e tinha muitos amigos no prédio onde morava, então, todos precisavam acelerar para brincar com ele.

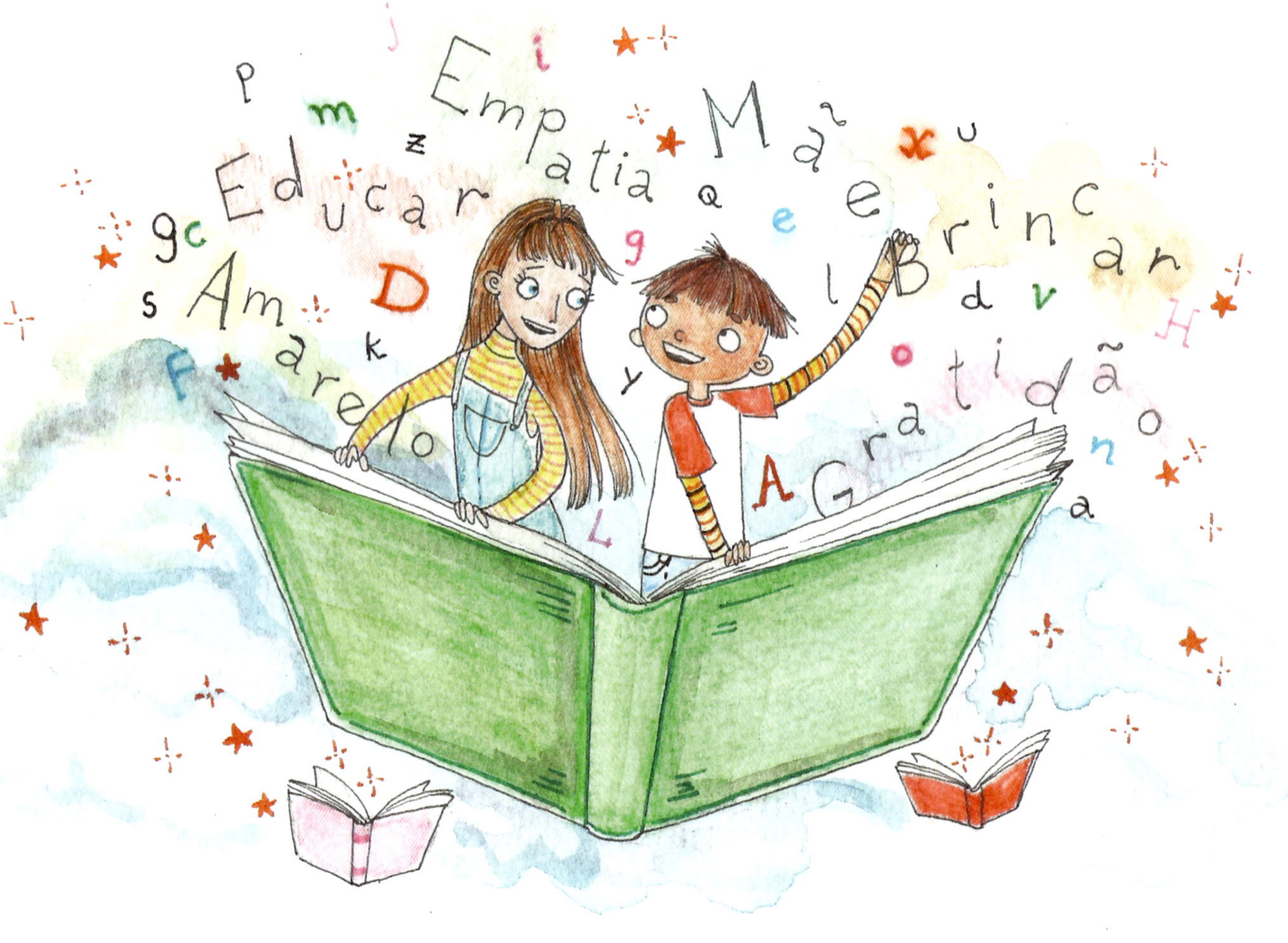
Empatia
Mãe
Educar
Brincar
Amarelo
Gratidão

Ele morava com a irmã, Melissa, e com a mãe, Helena. Uma professora que tinha muito orgulho dos filhos porque eles gostavam de livros. Ela dizia que ler dava poder a quem não tinha nada e que todo livro tinha *palavras mágicas* poderosas escondidas.

Paulinho tomou um susto quando, às seis da manhã, Helena e Melissa o acordaram cantando "parabéns para você", com um bolo de chocolate na mão e uma caixa enorme, embrulhada em papel de presente azul.

– Oba! Hoje é meu dia, mamãe! – falou sorrindo, com um olho aberto e outro fechado.

Paulinho soprou a vela rápido como um vento e abriu a caixa grande.

Quando viu que era um videogame de última geração, ele pulou de alegria.

– Eu não acredito! Todos os meus amigos sonham com esse videogame. Obrigado, mamãe! – falou todo surpreso, sem conseguir acreditar que tinha ganhado aquele presente.

19

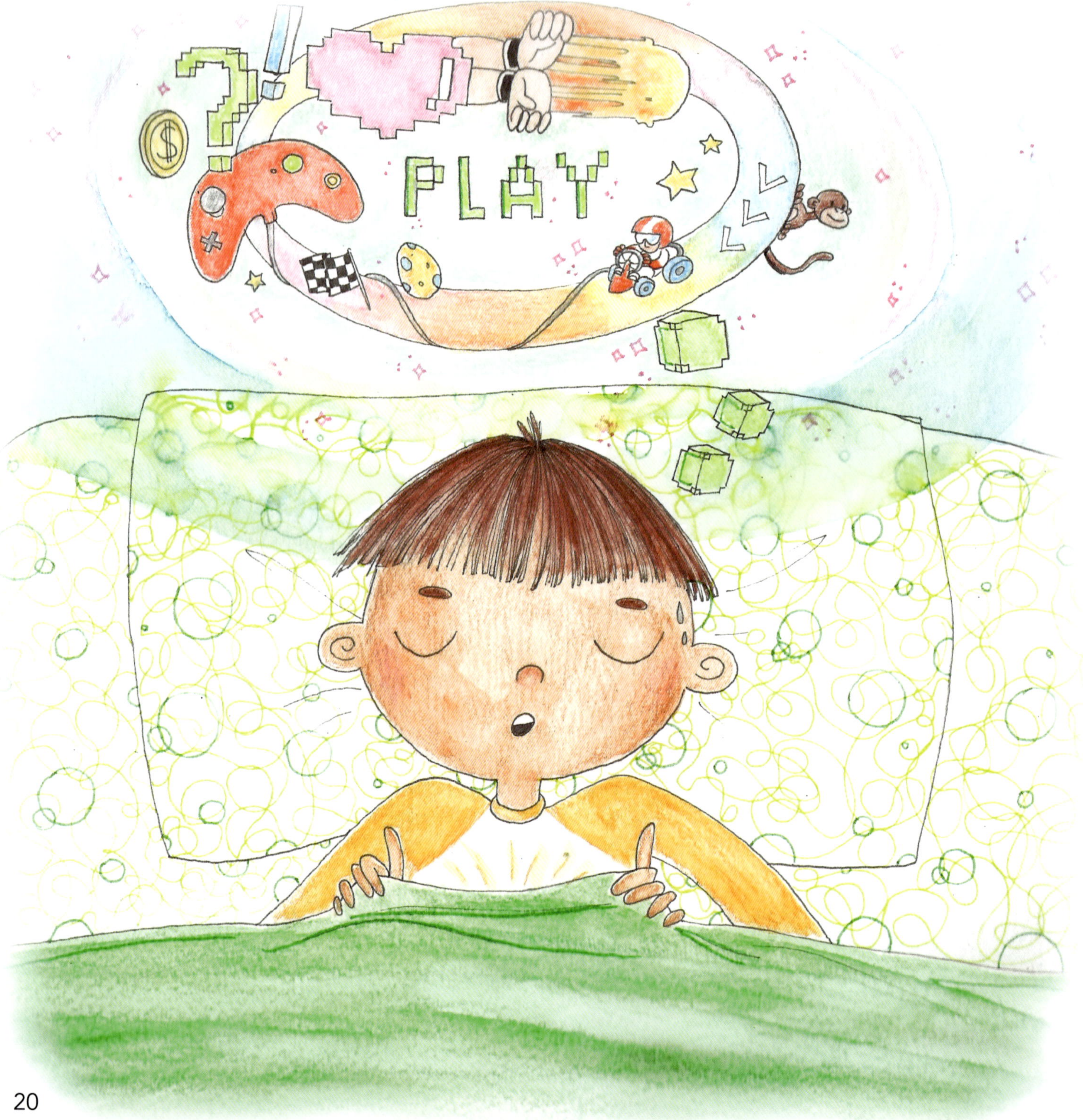
PLAY

Naquela noite, Paulinho ficou jogando até de madrugada.

Pulou, gritou. Ganhou, perdeu. Sentia raiva quando perdia e alegria quando ganhava.

Mesmo depois que a mãe falou para desligar a televisão e seguir para a cama, Paulinho continuou pensando no jogo e demorou a pegar no sono. Parecia que, mesmo com a televisão desligada, em sua cabeça, o videogame estava ligado.

"Como é chato dormir assim", pensou. Estava muito cansado e queria pegar no sono, mas não conseguia.

Foi difícil para Paulinho acordar no outro dia. Ele quase perdeu a van de transporte para a escola.

Estava ansioso para chegar lá e contar para todo mundo que ele agora tinha um videogame de última geração. Em especial para o seu melhor amigo Léo, que além de estudar com ele, era seu vizinho e também tinha um videogame, mas não era tão moderno quanto o dele.

Assim que chegou ao colégio, encontrou o amigo e foi logo falando: – Léo, eu ganhei um DS2000! Os gráficos são de outro mundo, e os personagens parecem gente de verdade.

– Que legal, Paulinho! Então, hoje à tarde eu vou para a sua casa jogar – Léo falou todo animado com a novidade.

– Não, Léo! Minha mãe não vai deixar – falou apressado, antes que Léo pudesse pedir de novo.

O amigo não entendeu nada. Ele sempre ia para a casa de Paulinho para brincar e estudar.

HISTÓRIA
p. 22

23

Quando chegou a sua casa, Paulinho apenas cumprimentou a irmã, que estava almoçando, e não quis nem saber do prato dele que estava na mesa, foi direto ligar a televisão para jogar.

Melissa estranhou, porque ele adorava comer e sempre chegava do colégio com muita fome.

A irmã até que tentou fazê-lo comer. Falou que o almoço estava gostoso, mas não conseguiu chamar atenção de Paulinho que só queria **jogar, jogar, jogar...**

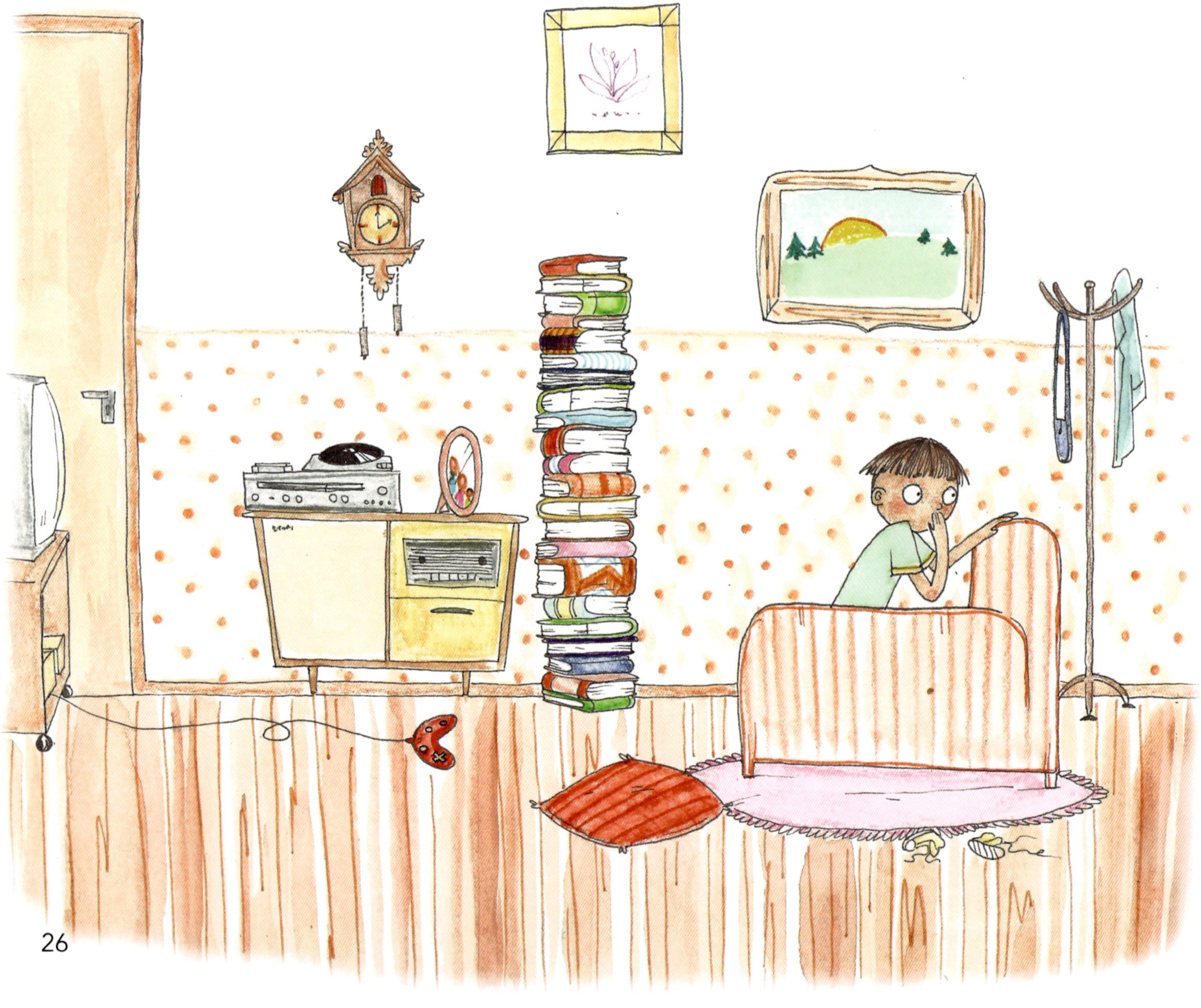

Quando Melissa estava no quarto, a campainha tocou e Paulinho ficou surpreso: "E se for o Léo? Eu falei para ele não vir. Eu quero jogar sozinho. Não posso dividir meu tempo de jogo com mais ninguém", pensou aborrecido.

Paulinho era um garoto que sempre dividia suas coisas com os outros com muito prazer. Ele mesmo se sentia estranho porque estava sendo egoísta com o amigo, mas não conseguia se controlar. Queria o videogame só para ele.

"Toc, toc, toc". Léo insistiu e bateu na porta. O coração de Paulinho bateu ainda mais forte: "E se Léo descobrisse que ele estava jogando escondido?"

Pensou em abrir a porta porque estava se sentindo estranho por mentir para o amigo, mas olhou para o videogame na pausa e decidiu jogar com o som da televisão mudo. Sozinho. Tudinho só para ele!

Depois de tanto bater, Léo desistiu. Ainda colocou o ouvido na porta, mas não conseguiu escutar nada, além da torneira pingando na cozinha e um chuveiro bem distante. Foi embora triste, porque sabia que Paulinho estava em casa, mas por algum motivo, não atendera.

"O que está acontecendo com Paulinho? Será que ele não é mais meu amigo só porque tem um videogame caro?" – pensou, se sentindo triste com aquela situação.

"Quando eu encontrar com ele, vou explicar o que meu pai me ensinou em um desenho sobre coisas e pessoas. É bem simples."

COISAS = PARA USAR, COMPARTILHAR E ZELAR.

PESSOAS = PARA AMAR, SERVIR, AJUDAR E CUIDAR.

Quando Helena chegou, viu que Paulinho não tinha almoçado. Melissa foi logo contando que ele tinha passado o dia inteiro jogando videogame.

– Paulinho, tudo em excesso é prejudicial. Deixa eu lhe mostrar uma coisa – ela pegou um copo de suco de uva e pediu para o filho provar.

– Está sem açúcar, mãe – Paulinho reclamou, fazendo careta.

Então, Helena colocou um pouco de açúcar e perguntou:

– E agora, filho?

– Agora está muito gostoso! – falou animado.

– Espere um pouco. Deixe-me colocar mais um pouco de açúcar – e colocou mais quatro colheres de açúcar dentro do copo com suco.

Quando Paulinho provou novamente, entendeu o que a mãe estava querendo dizer:

– Mesmo o que é bom, se não for na quantidade certa, pode estragar tudo!

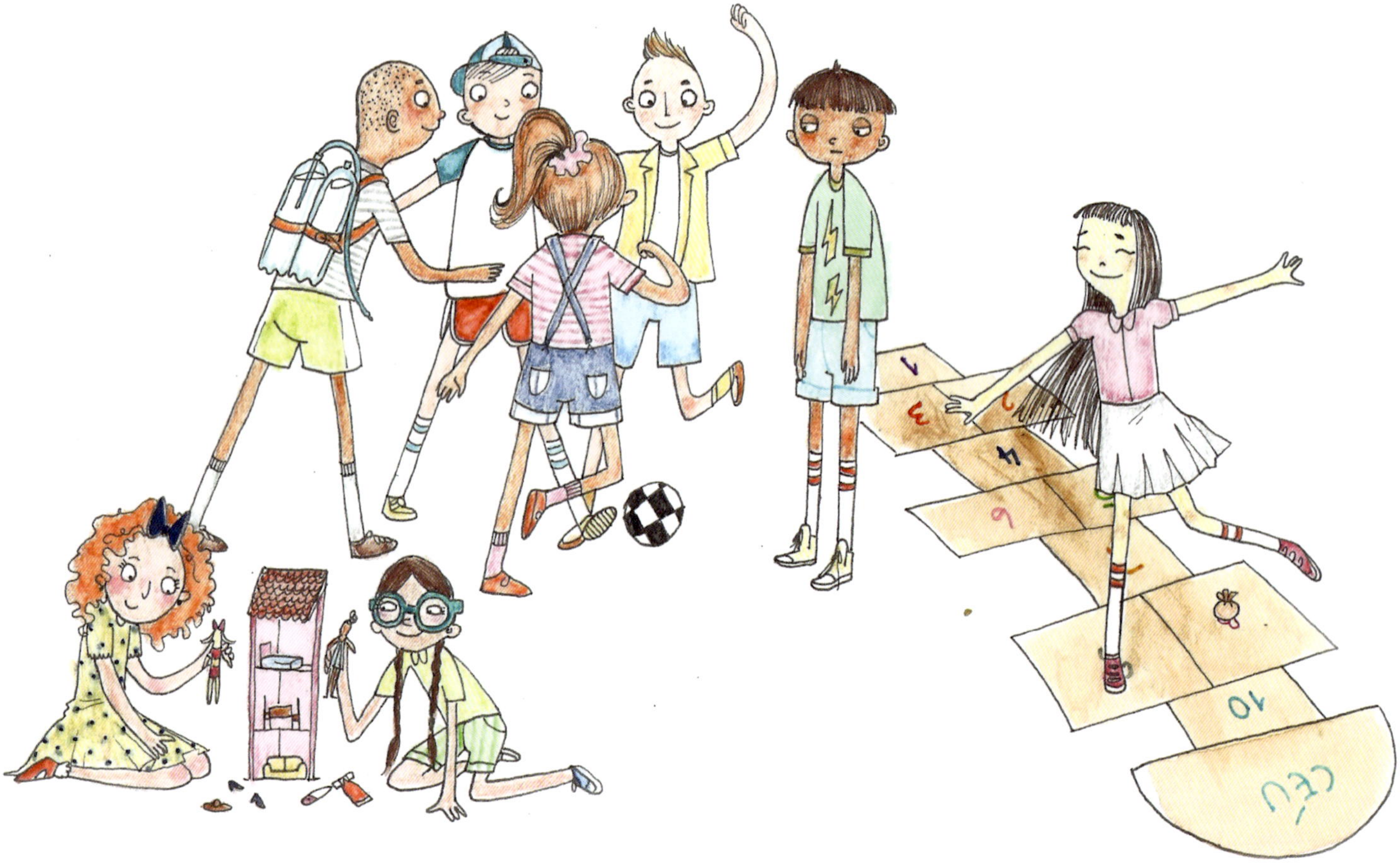
10
CÉU

Nos dias seguintes, parecia que tudo tinha voltado ao normal. Paulinho almoçava, fazia a tarefa de casa e seguia para o *playground* do condomínio para brincar com Léo e os demais amigos, que ficaram muito felizes em revê-lo.

Videogame agora só nos fins de semana ou feriados.

A única coisa que Helena estranhou foi que Paulinho não fazia mais nada correndo e estava sempre com cara de cansado e sonolento.

"Alguma coisa está errada", Helena pensou antes de dormir.

Naquela madrugada, Helena acordou com o som de uma música engraçada, vindo da sala. Foi nas pontinhas dos pés até lá e encontrou Paulinho jogando com o volume da televisão bem baixinho.

Quando ele viu a mãe acordada em sua frente, com a cara de brava, seus olhos ficaram do tamanho de duas luas.

— **Que susto!** — não conseguiu pensar em nada mais para dizer naquela hora.

Helena olhou o relógio da sala e viu que já passava das quatro horas da manhã. Agora estava explicado por que o filho não corria mais, estava sempre cansado, sonolento e desatento: Paulinho estava jogando de madrugada, escondido da mãe.

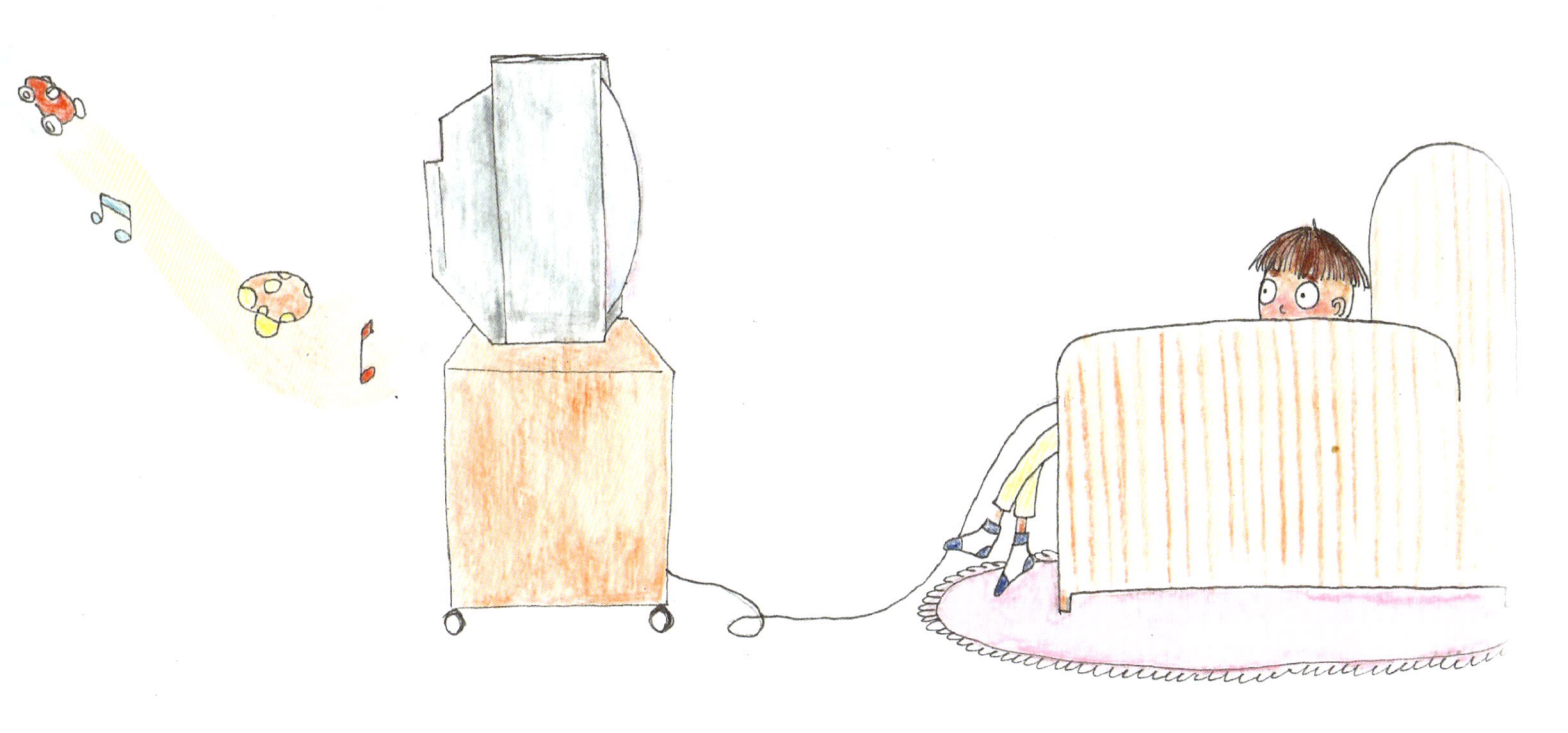

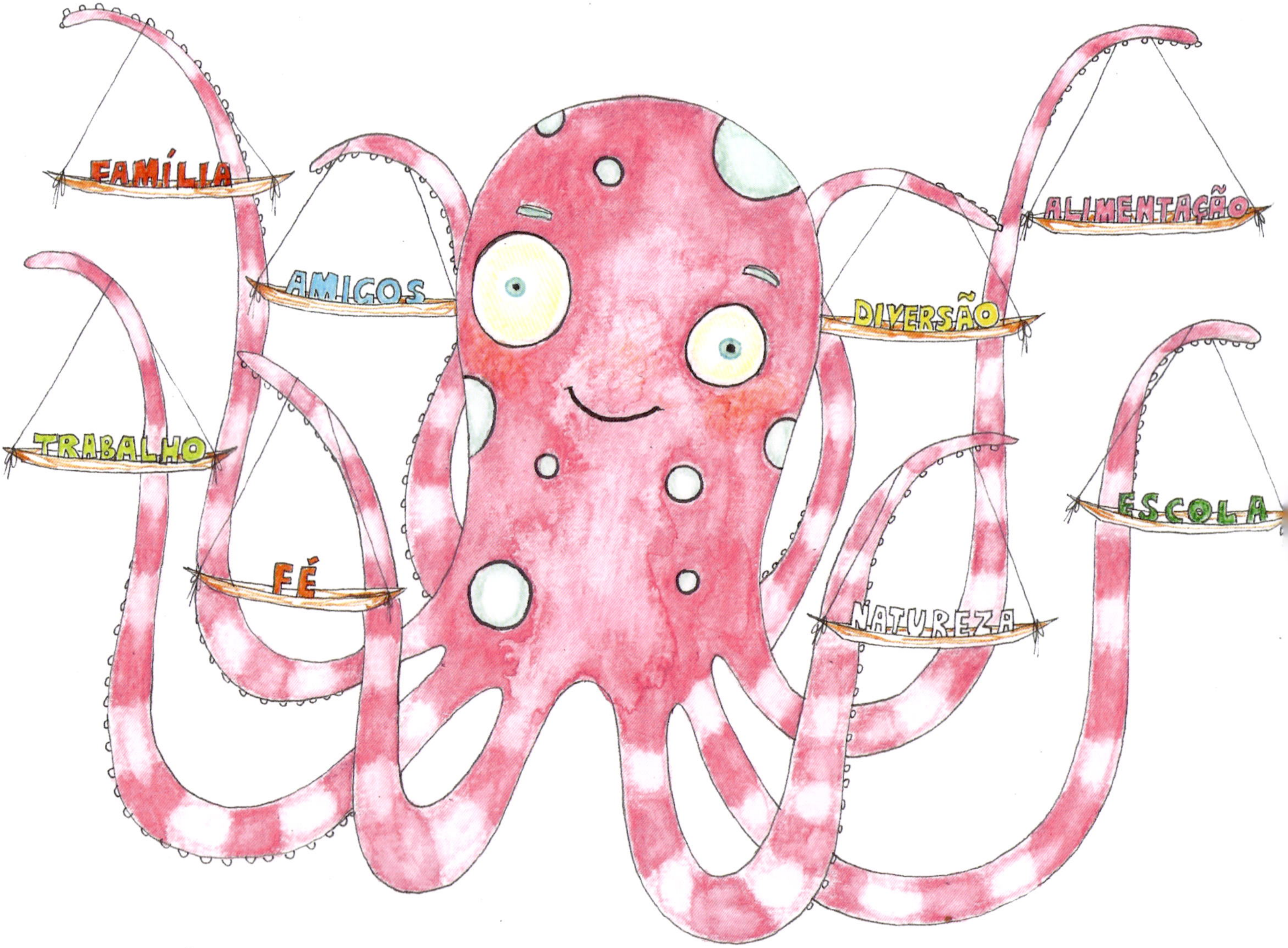
FAMÍLIA
AMIGOS
TRABALHO
FÉ
ALIMENTAÇÃO
DIVERSÃO
ESCOLA
NATUREZA

– Paulinho, olhe para mim!

Helena olhou nos olhos dele e falou:

– A vida é como uma balança de muitos braços. Parece um polvo. Se faltar alguma coisa, a balança não se equilibra e não funciona.

– Família, fé, amigos, natureza, trabalho, escola, alimentação e também diversão. Mesmo os adultos devem equilibrar as coisas na vida. Quando se esquecem disso, a "balança polvo" se desequilibra e o coração pode adoecer.

– Agora vá para a cama! Pense um pouco no que fez, antes de dormir e, a partir de amanhã, videogame só com minha permissão aos fins de semana – completou a mãe se sentindo decepcionada com o filho.

No outro dia, Helena acordou preocupada e ligou para a sua mãe Cleonice, que era uma ótima conselheira.

– Mamãe, preciso de ajuda! Paulinho não quer fazer mais nada. Fui obrigada a guardar o videogame, porque ele estava jogando escondido de mim durante a madrugada e, antes que me pergunte e aconselhe, eu já conversei várias vezes com ele: não teve jeito!

– Por que você não dá um cachorro para ele? – disse a avó de Paulinho, com a certeza de quem era sábia.

– Um cachorro, mamãe? Como um cachorro pode ajudar? Além do mais, não tenho dinheiro. Cachorros são muito caros – respondeu Helena, nervosa.

– Desde quando você precisa de dinheiro para ter um cachorro? No sábado haverá uma feira de adoção na galeria ao lado da sua casa. Adote um. Vai ajudar um animal de rua, que sofre sem amor e sem uma casa. Além disso, cães adotados são muito amorosos. Parece que sentem gratidão por terem sido salvos das ruas.

Cães Adotados Amorosos

40

A vovó Cleonice continuou sua alegre explicação sobre a amizade entre os cães e as crianças.

– Você sabia que as crianças que têm um cão de estimação são mais ativas, podem brincar, correr, se divertir nos parques e fazer muitos amigos?

– Também são crianças mais responsáveis porque aprendem que além de se cuidar, precisam cuidar dos outros. Diferente de um brinquedo, um cão é uma vida que precisa de muito zelo de todos que convivem com ele. Ter um cachorro pode ajudar a criança a aprender mais rápido algumas coisas:

Ser generosa

Ter compaixão

Ser tolerante

Considerar os amigos

Cuidar do outro

42

Ao chegar, Helena encontrou os filhos na sala e falou animada: – Teremos um cachorro! Quem quer ir escolher comigo no sábado pela manhã?

Paulinho gritou: – **_EU VOU!_**

– Vamos ter um cachorro! Vamos ter um cachorro! – Paulinho gritava pela sala, enquanto corria de um lado para o outro.

✳✳✳✳✳

Na noite de sexta para o sábado, Paulinho mal conseguiu dormir. Dessa vez não pelo videogame, mas por causa da animação com a feira de animais do dia seguinte. "Eu vou ter meu próprio cachorro?", pensava com alegria. Era o sonho de sua vida.

Dora

Quando chegaram à feira no sábado, não sabiam nem por onde começar. Visitaram todas as barracas com vários cachorrinhos, mas uma chamou atenção deles porque estava cheia de gente ao redor.

Eram quatro filhotes dentro do cercado. Três pretinhos com pintas amarelas na cabeça e uma branquinha com uma mancha marrom-clara, quase dourada, no olho – parecia uma piratinha.

Um dos pretinhos estava mordendo todos os amigos peludos e o outro era dorminhoco. Esses dois não foram escolhidos porque Helena ficou com medo do mordedor, e Paulinho achou o dorminhoco chato.

Restavam apenas a pirata e um preto com cara de bonzinho.

Antes de Helena sugerir, Paulinho falou:

— Mamãe, eu quero a cadelinha! Lá em casa tem você e a Melissa de meninas. Agora vai ter a nossa piratinha.

– Filho, antes de escolhermos qual vamos levar para casa, precisamos conversar. Os cães são seres vivos. Não são brinquedos. Cada um de nós tem que fazer a sua parte, para termos o privilégio de criar um animal de estimação em casa. Você se compromete a também dar amor, comida, banho e passear no parque com ela, todos os dias?

Helena olhou bem sério para Paulinho e acrescentou: – Podemos levar essa cadelinha e isso vai nos trazer muita felicidade, mas ela também só será feliz se todos nós a amarmos. Podemos também deixá-la aqui, para que outra família, que esteja mais disposta a dar amor e cuidado para ela, possa levá-la para casa. A decisão também é sua! – disse Helena, olhando bem sério para Paulinho.

– Vamos levá-la para casa, mamãe. Todos nós cuidaremos juntos – falou Paulinho, com um sorrisão no rosto.

– Combinado! – respondeu Helena, toda feliz!

E como Paulinho falou que ela era a piratinha dourada, deram o nome para ela de Dora.

47

48

Nos dois primeiros dias em casa, Dora chorou muito, devia estar com saudades dos irmãozinhos.

Quando não estava comendo ração, estava brincando ou fazendo xixi pela casa toda.

Paulinho adorava correr com Dora, mas nunca queria secar o xixi no chão e tinha preguiça de colocar a comida dela.

A mãe todo dia lembrava a Paulinho: – Você tem que colocar a comida de Dora assim que chegar do colégio, antes de almoçar. As melhores coisas da vida dão prazer, mas também dão um pouquinho de trabalho. Pela manhã, Melissa faz isso, à noite eu faço, ao meio-dia é sua obrigação.

Paulinho nem prestou atenção no que a mãe falava, para ele aquilo era um...

Blá **Blá** **Blá** **Blá** **Blá** **Blá**

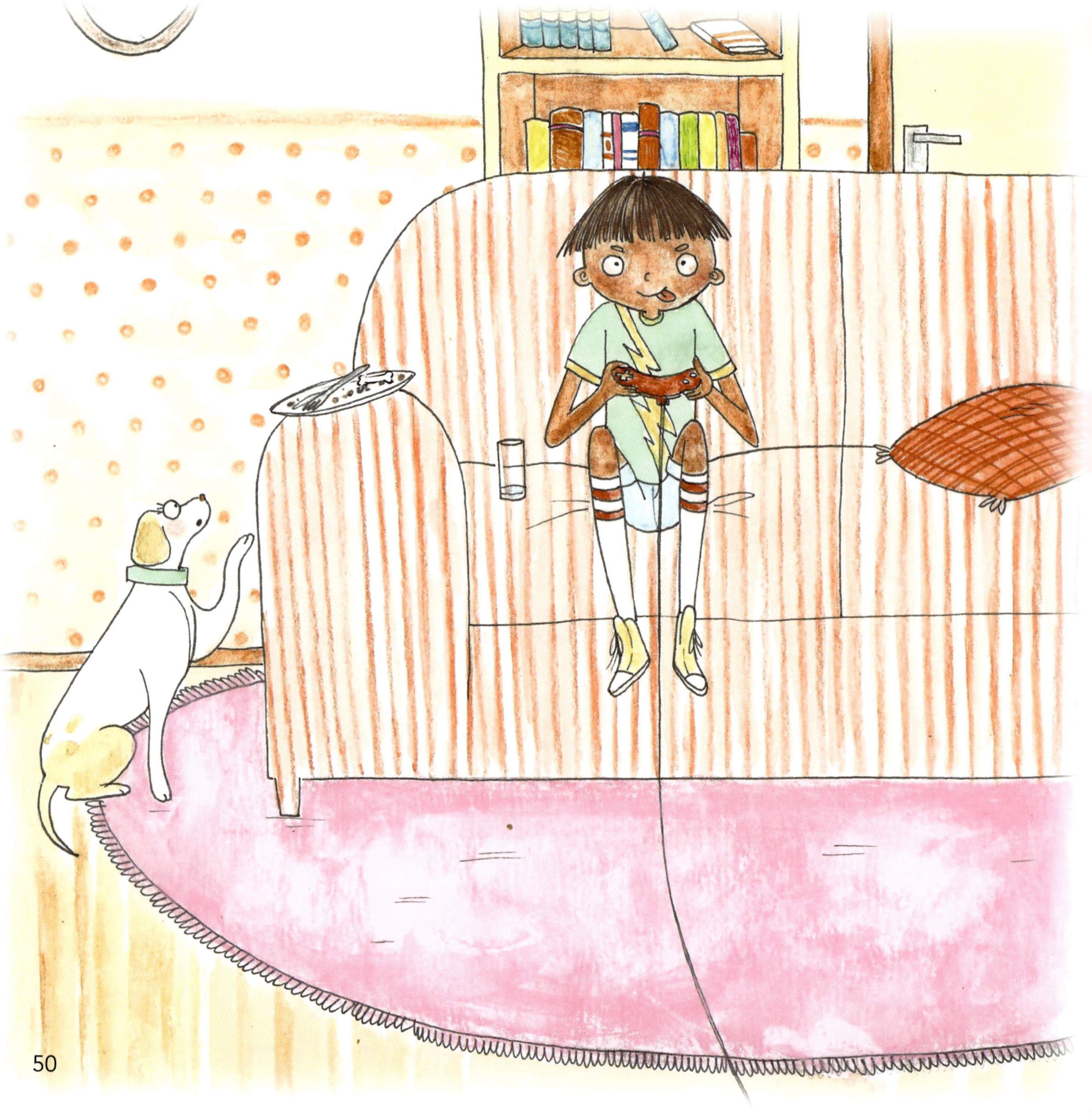

No dia seguinte, Paulinho chegou do colégio, brincou com Dora, sentou-se na sala para almoçar e depois começou a jogar videogame. Dora ficou do lado do sofá, olhando para ele com a cara triste. Aquela cara de cachorro pidão que todo mundo conhece! Ela também queria comer, mas sabia que tinha que aguentar a fome até Helena chegar. Coitadinha de Dora!

Quando Helena chegou, Dora fez xixi nela de tanta alegria. Pulou, tentou latir, deitou no chão e colocou a barriguinha para cima para ganhar carinho.

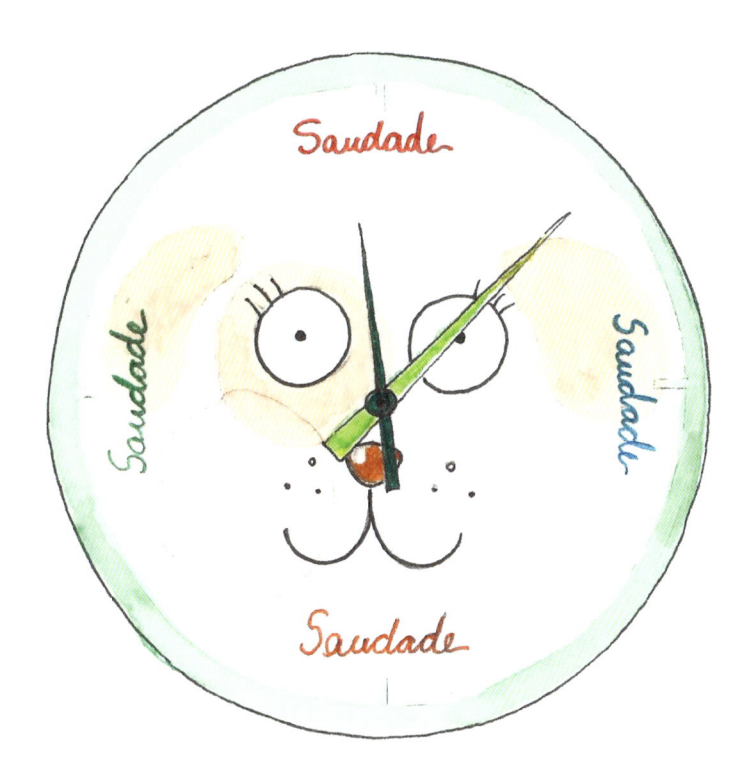

Como os cães sabem nos receber em casa com alegria! Parece que eles têm cem porções de saudades no coração. A gente fica apenas minutos fora de casa e, quando volta, parece que eles não nos veem há muitos anos. Que saudade gostosa, essa dos cães.

Helena olhou para os potes de água e comida que estavam vazios e virou-se para Paulinho:

– Deixa eu te mostrar uma coisa.

Quando ele chegou bem pertinho, Helena encheu os potes. Dora colocou o focinho na água e lambeu desesperadamente. Depois, atacou a comida e comeu tudo em menos de um minuto.

Mãe e filho se olharam em silêncio e ela prosseguiu: – Viu como ela estava com fome e sede?

– Eu brinquei com ela a tarde inteira. Corremos e nos divertimos muito – Paulinho contou sorridente.

– Ela parecia feliz porque você estava feliz. Os cães são assim, parece até que foram trazidos de outro mundo. Para eles, a alegria dos outros é contagiante. Isso não quer dizer que ela não estivesse sofrendo com fome – a mãe de Paulinho falou séria e irritada com a situação.

– Por favor, não se esqueça de colocar água e comida para ela todo dia quando chegar do colégio.

– Ok, mamãe – Paulinho respondeu com cara de arrependido.

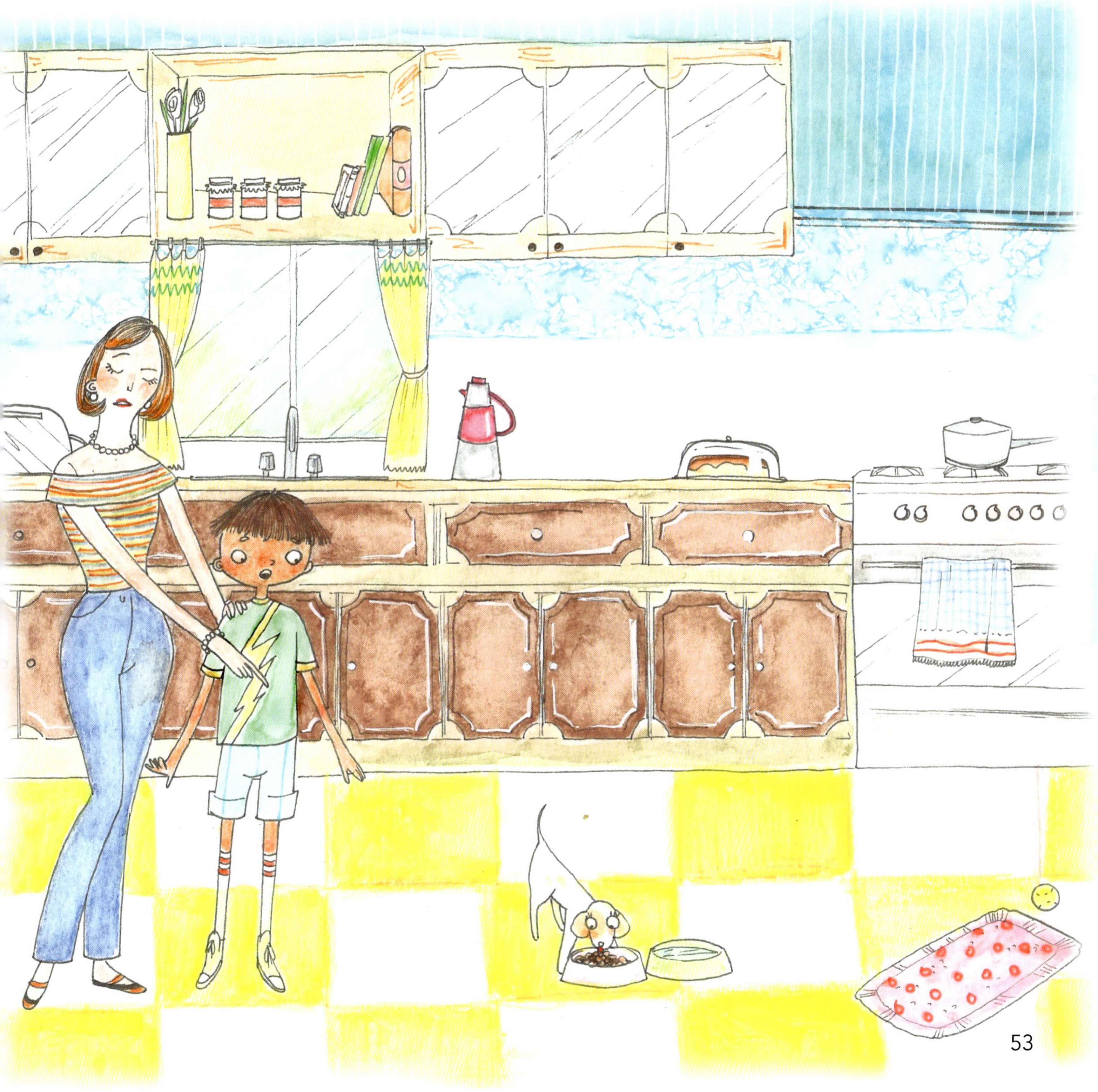

Nos dias seguintes, tudo se repetiu. Paulinho só queria brincar com Dora, não lembrava de cuidar da cadelinha.

Corriam e brincavam de cabo de guerra, mas ele sempre esquecia de colocar água e comida. Na verdade, às vezes, até lembrava, mas achava que não era importante. Afinal, a mãe dele faria tudo quando chegasse em casa.

Paulinho sempre achava que a fome de Dora podia esperar.

Talvez se ela falasse, igual aos cachorros dos desenhos animados, diria que estava com fome e sede. Se bem que tem muito cachorro que fala com sua família humana pelo olhar e por sons. Basta tentar entendê-los.

55

汪汪

Ау Ау

Woof Woof

멍멍

Гав Гав

Дзяв-Дзяв

Dora era uma cadela muito esperta e tinha aquela carinha de filhote que todo mundo acha fofo. Tinha uma luz a mais no seu olhar coberto por aquela manchinha marrom de pirata. Ela parecia entender tudo que se falava e que se passava ao seu redor. Se alguém pudesse ler sua mente, acredito que descobriria que Dora pensava parecido com uma criança. Ela tinha pelo menos cinco tipos de latidos. Paulinho sabia o que cada um deles queria dizer. Claro que, por preguiça, o de comida ele fazia de conta que não entendia.

Dora estava liberada para ir para a rua. Tinha recebido sua última vacina e podia sair para brincar com outros cães e farejar por aí.

Foram Melissa e Paulinho que a levaram para o primeiro passeio. Era uma manhã de sábado ensolarada, com muita gente passeando na rua com seus cachorros. No condomínio em que Paulinho morava, tinha um parque enorme apenas para cães, que os moradores chamavam de parcão. Uma área cercada com muita grama, que ficava ao lado de um pequeno lago artificial e de algumas quadras de voleibol.

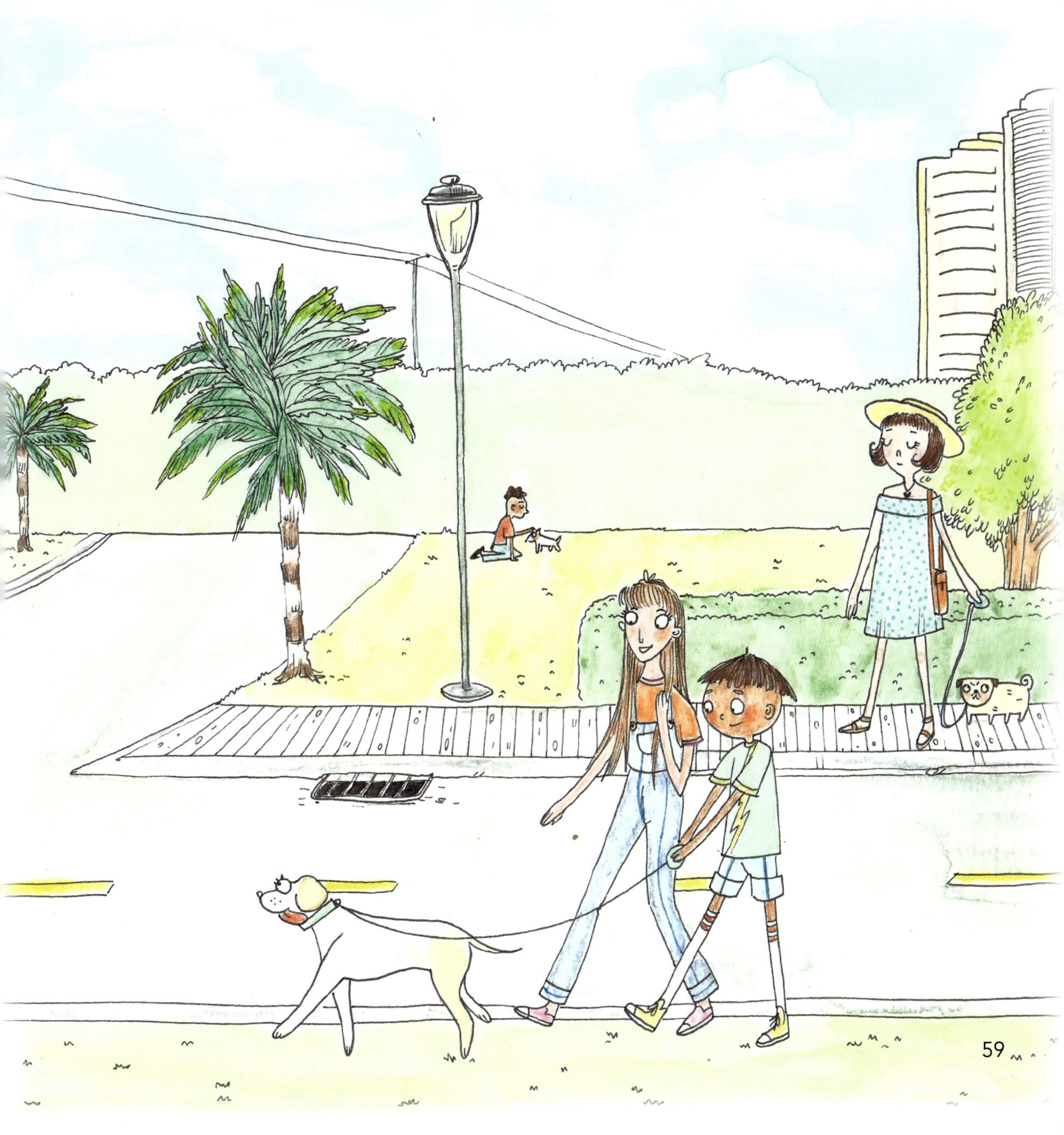

60

Enquanto Melissa assistia a um jogo de vôlei na quadra, Paulinho soltava Dora dentro do parcão, que estava cheio de cães correndo alegremente. A maioria era filhote, como Dora, que logo ficou amiga de uma cadela muito brincalhona chamada Tapioca.

Paulinho nem imaginava que Dora fosse tão rápida. Correu tanto, parecia que não se cansaria nunca. Parava apenas para tomar água e para brincar de mordida com os novos amigos que corriam com ela.

Quando todos os filhotes ainda estavam correndo, apareceu um garoto com um cachorro forte, de rabo cortado e cara de bravo. Encostou-se na cerca e, apontando para Dora, perguntou para Paulinho: – Que cachorro é esse? Qual a raça?

— É a minha cadela Dora — respondeu Paulinho, sem entender o que ele queria saber.

— Estou perguntando a raça. É o tipo do cachorro. A raça diz o valor dela — explicou o menino com um sorriso de quem estava zoando.

— Ah, entendi! Ela é tipo puladora, corredora, dorminhoca e comilona — respondeu Paulinho.

— Então, ela não tem raça, né?

— Ela morava na rua. Foi adotada por nós. Acho que teve muita raça para se virar sozinha, sem comida e sem casa — falou Paulinho, tentando explicar melhor.

— Ah! Adotada! Hahaha — e todo mundo que estava no parque ouvindo a conversa riu junto!

— Então, ela é vira-lata. Não tem raça nenhuma. Ela foi adotada! Hahaha.

Paulinho fez uma cara de surpreso e saiu correndo. Ficou tão nervoso que deixou Dora no parque. Sua irmã viu a cena de longe e não entendeu. Correu imediatamente para pegar Dora, enquanto Paulinho disparava em corrida para casa. De longe, ele podia ouvir as crianças e adolescentes rindo alto e gritando no parque:

— **Adotada!**   **Adotada!**   **Adotada!**

ADOTADA! HA HA HA

Melissa chegou com Dora, muito zangada com Paulinho.

– Você foi irresponsável! Não podia ter deixado Dora no parque e sair correndo!

– Eu senti vontade de ir ao banheiro. Desculpe! Também não quero mais passear com Dora. Amanhã você vai sozinha com ela.

Ouvindo aquela conversa, Helena ficou uma fera. Fez questão de lembrar a promessa que Paulinho fez no dia da adoção.

– Você lembra o que combinamos no dia que trouxemos a Dora para casa, Paulinho? Você não pode ter uma cadela apenas para brincar. Precisa cuidar dela também.

– Acho que não quero mais uma cadela. Ela pode ser somente de Melissa. Ela foi adotada e não tem raça. As pessoas riram de mim lá no parque – falou Paulinho, um pouco triste.

Naquele momento, Dora olhou para os dois e de alguma maneira parecia sentir que falavam dela. Foi para baixo da mesa e ficou lá quietinha observando.

– Amanhã vamos juntos passear com ela. Quem riu de você não faz ideia de como cães adotados são especiais e amigos fiéis – disse Helena com a voz amorosa.

65

No dia seguinte, todos seguiram para o parque. Paulinho andava um pouco afastado com Melissa e a mãe conduzindo Dora, que vinha balançando o rabinho sem parar. Quem olhava de longe pensava até que era o rabinho que balançava Dora, de tanto que estava feliz.

Quando chegaram perto da parede do parque, viram que ela estava toda pichada. Paulinho parou e pensou em voltar, Helena entendeu por que o filho ficara com vergonha no dia anterior, e Melissa leu em voz alta:

ADOTADA   adotada

Dora é   ADOTADA   ADOTADA

ADOTADA   ADOTADA

– Aquilo ali é *bullying* e vandalismo! Não devemos escrever nas paredes. Toda vez que fazemos isso, estamos prejudicando alguém. Ainda mais para tentar diminuir algum colega – desabafou Helena, aproveitando para ensinar aos filhos.

– Nós não podemos controlar as coisas erradas que os outros fazem, mas podemos dar o exemplo, fazendo o correto.

– Nunca brinquem com alguém, exaltando alguma coisa que sabem que pode incomodar a pessoa. Isso é bobeira. Não devemos fazer gozação com ninguém.

– A não ser quando o irmão cai no chão ou o time de futebol dele perde o jogo, né mãe? – falou Melissa, brincando com o irmão.

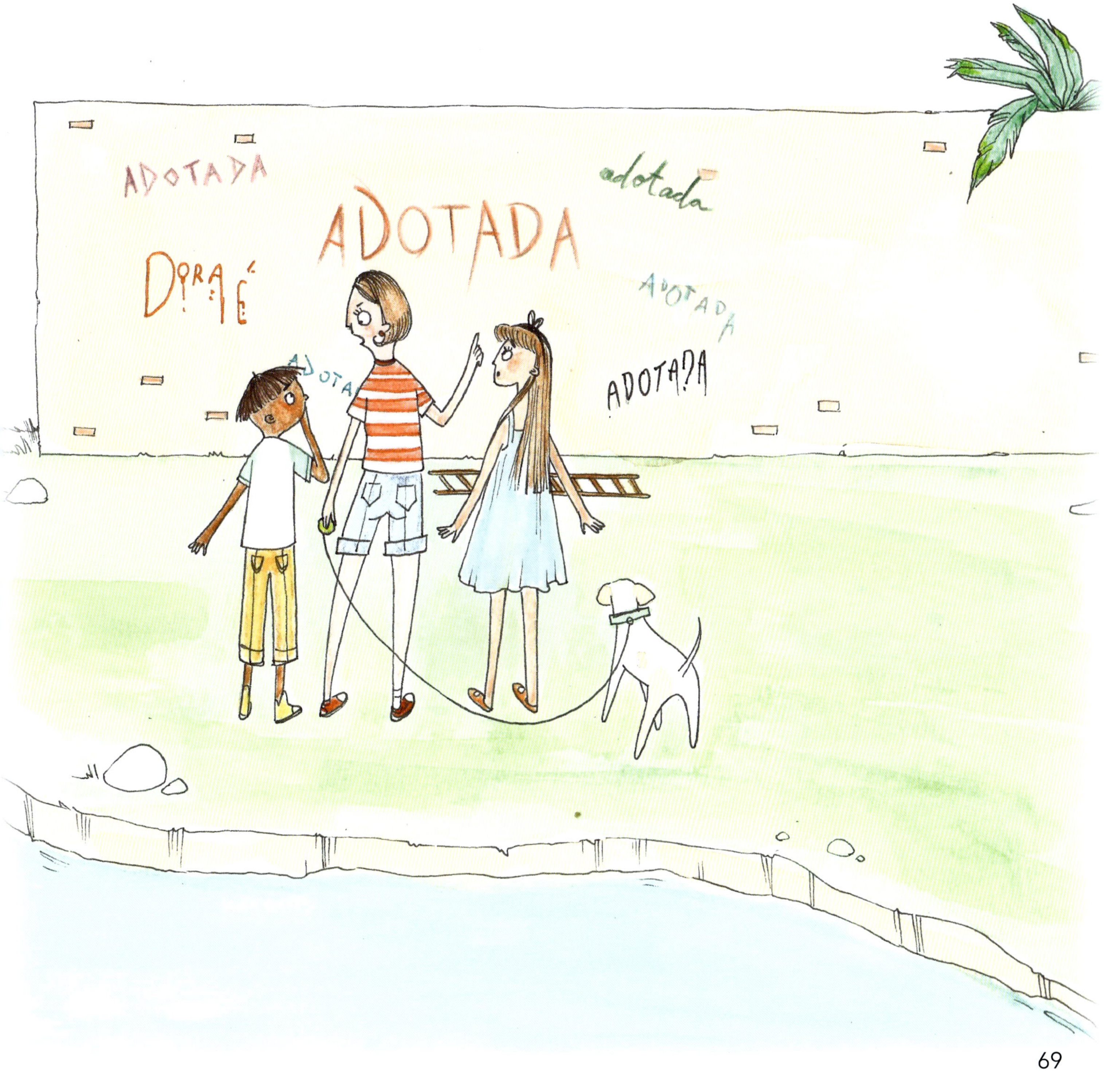
ADOTADA
adotada
ADOTADA
DORA É
ADOTADA
ADOTADA

70

– Vamos deixar a Dora se divertir no parque. Se alguém a chamar de adotada, tudo bem! Ignore – explicou Helena, calmamente.

– Sabemos que os cachorros adotados são os mais legais. Quando adotamos um bichinho de rua, nós evitamos que ele venha a sofrer maus-tratos ou até mesmo morrer de fome.

– Imagine se a Dora não tivesse uma casa. Ela poderia estar vagando nas ruas e comendo lixo. Uma cadela tão amorosa e inteligente sem receber amor? Não gosto nem de pensar nisso!

– Tem gente que não sabe, mas muitos filhotes vendidos são filhos de animais que sofrem. Algumas pessoas são capazes de maltratar os animais para ganhar dinheiro. Se uma pessoa decide comprar um animalzinho ao invés de adotar, deveria conhecer o local onde nasceram.

– Adotar Dora trouxe muita alegria para nossa casa. A nossa família ficou muito mais feliz com a chegada dela. Então, acho que nós ganhamos mais que ela, entendeu? – perguntou Helena.

– Entendi, mamãe, você tem razão! Não quero saber o que os bobos falam. Dora é muito especial para nós! É a cadela mais linda do mundo – respondeu Paulinho.

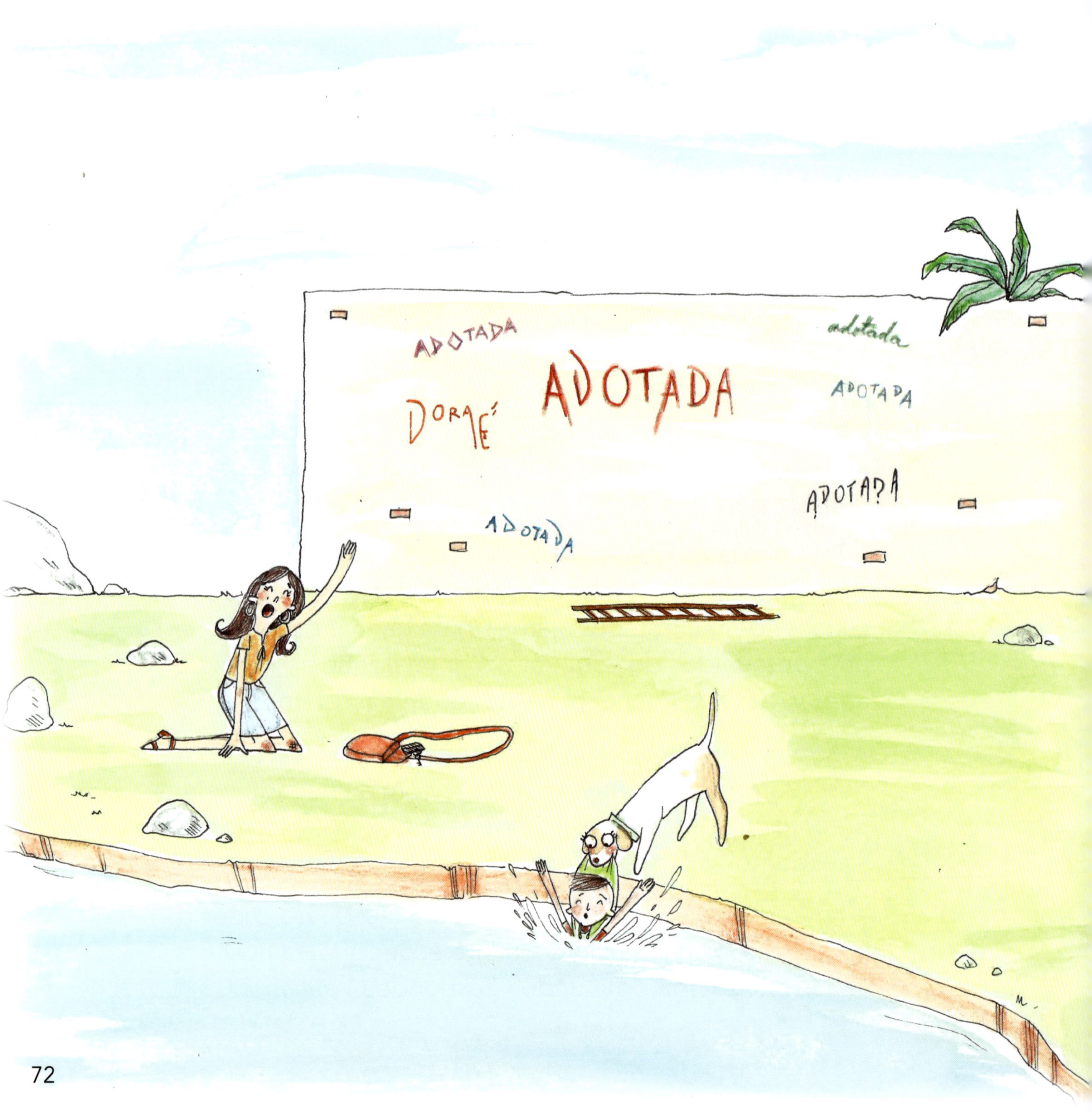
ADOTADA
adotada
ADOTADA
DORA É
ADOTADA
ADOTADA
ADOTADA

Enquanto mãe e filho conversavam, uma mulher gritou desesperadamente por socorro. Ela tinha levado uma queda e o filhinho caído dos seus braços dentro do lago.

A mãe de Paulinho não soube o que fazer. As crianças ficaram paralisadas e os cachorros do parque nem deram bola para o que estava acontecendo.

Surpreendentemente se viu uma mancha branca passando muito rápido por todos. Era Dora que tinha se jogado no lago, mordido a camisa do menino para segurá-lo, e assim ele pôde se apoiar nela. Dora permaneceu calma, com o menino seguro, até o segurança do parque entrar e pegar a criança no colo.

As crianças se olharam surpresas. Ninguém imaginou que um cão pudesse entrar na água para salvar a vida de um humano.

Dora saiu do lago se sacudindo e foi abanando o rabo para Paulinho que se abaixou, lhe deu um abraço e ganhou muitas lambidas.

Naquele momento, as pessoas ao redor começaram a aplaudir.

Uma menininha ruiva pegou um pedaço de carvão que estava no chão e andou até a parede pichada, sem olhar para trás.

A menina ficou nas pontas dos pés e riscou por cima da palavra "adotada", surpreendendo a todos com a criação de uma nova palavra.

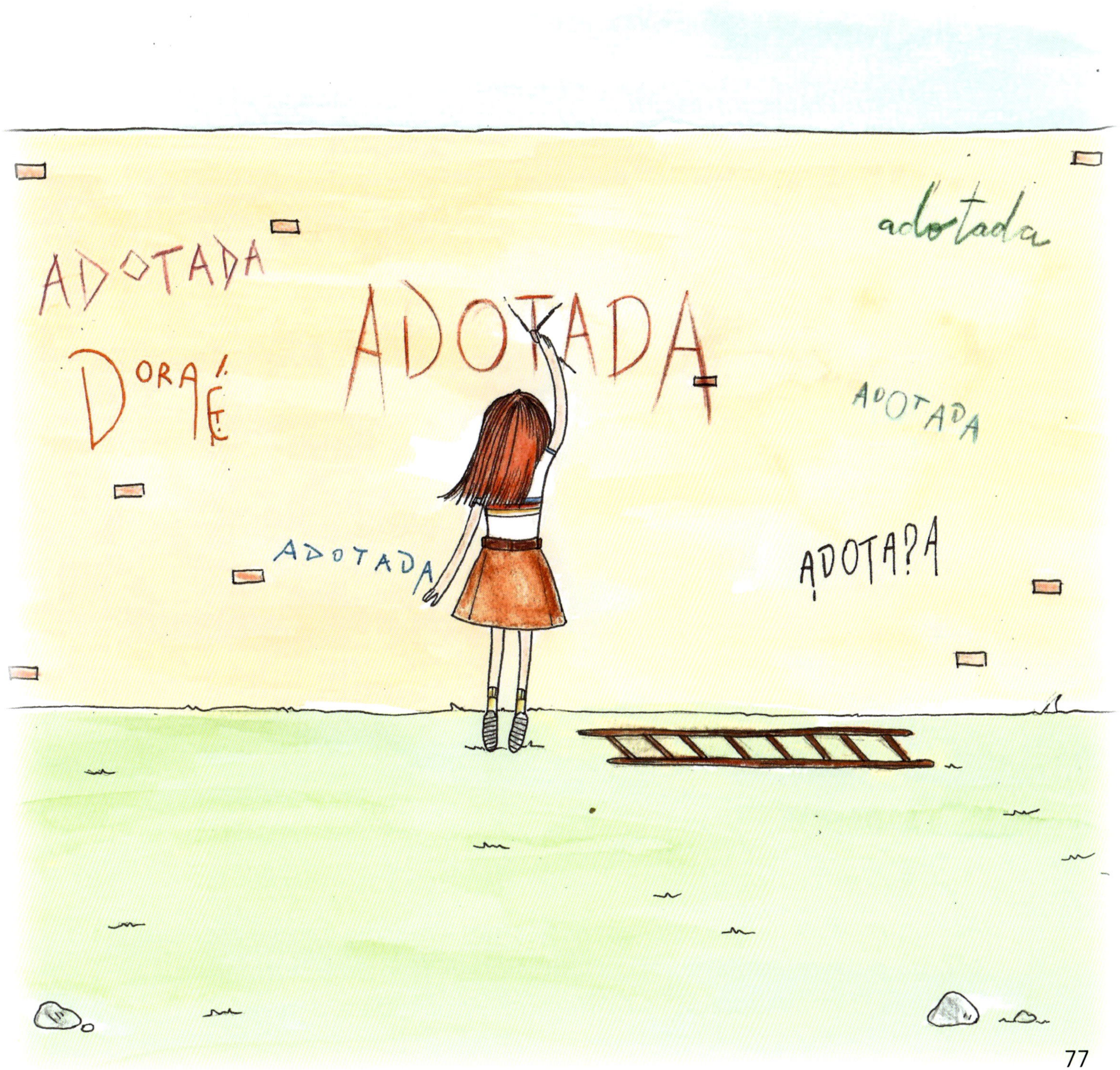
ADOTADA
adotada
ADOTADA
DORA É
ADOTADA
ADOTADA
ADOTA?A

As outras crianças que estavam ali fizeram a mesma coisa e riscaram o T, da palavra adotada, escrevendo um R por cima, formando as palavras "Dora Adorada" e "Adorada", por toda a parede!

Naquele momento, todos se olharam e aplaudiram Dora. Agora Dora, a Adorada, ficou balançando o rabinho e olhando como se quisesse sorrir de alegria.

A partir daquele dia, Paulinho aprendeu o quanto a vida nos presenteia com coisas especiais. Muitas vezes, o que é do outro parece melhor: o brinquedo do outro, a casa do outro, o cachorro do outro e até mesmo a família do outro. Mas, o que temos em nossa vida é mágico e precioso. Por isso, temos que cuidar do que é nosso com amor e carinho.

Em todos aqueles dias, Paulinho quase esqueceu que tinha videogame. Estava muito ocupado estudando, brincando com os amigos e cuidando de Dora. Nos horários combinados com a mãe, convidava o amigo Léo para jogar e se divertiam muito juntos.

Ele continuou passeando com Dora todos os dias. Mas, agora cuidava dela com prazer. Passou a colocar a comida dela diariamente e dava banho nela todo sábado.

Foi assim que eles se tornaram amigos inseparáveis e só não andavam juntos quando Paulinho ia para a escola.

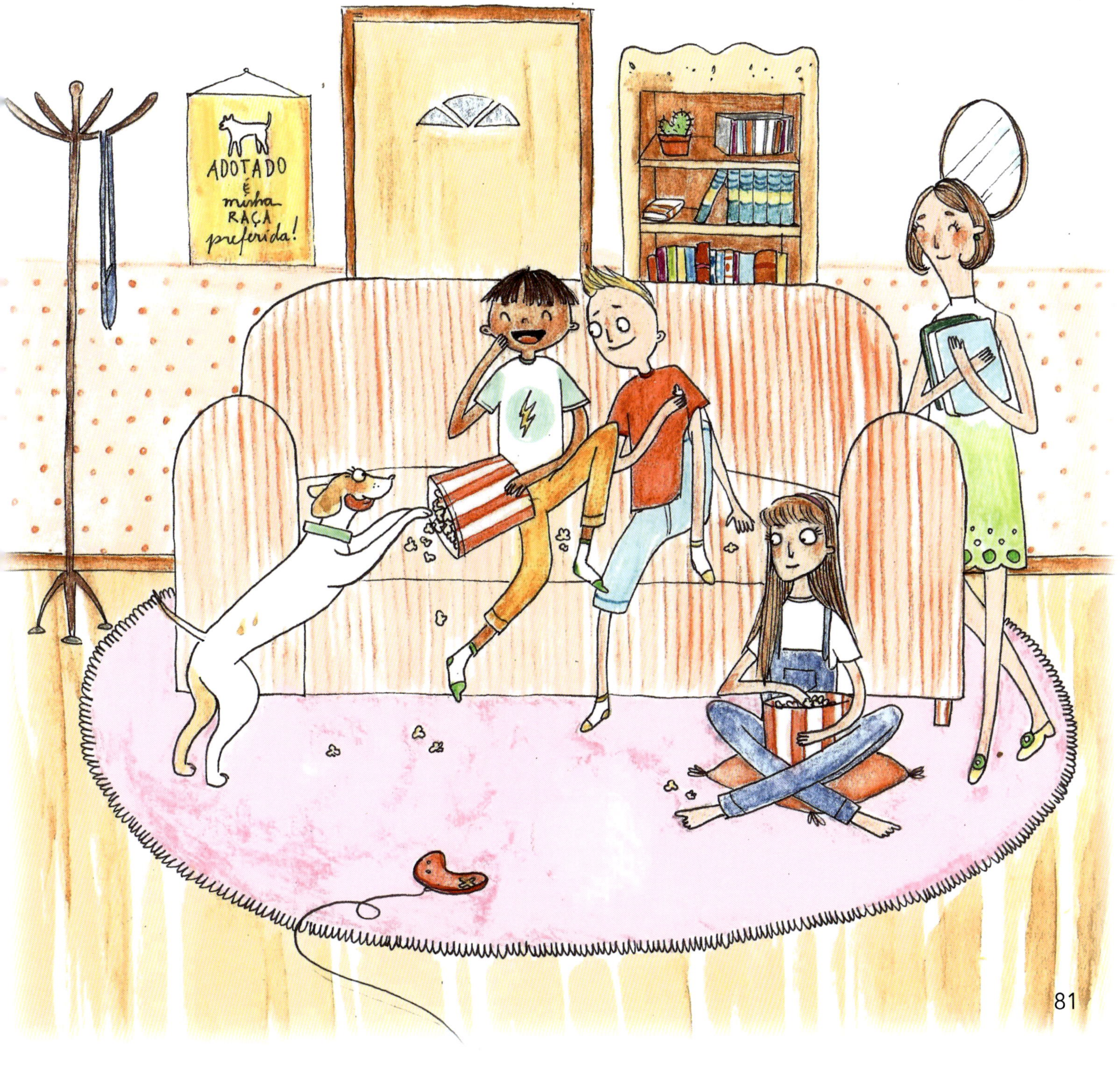
ADOTADO
É
minha
RAÇA
preferida!

82

– Papai, que história incrível! Eu quero adotar um cachorro também! Vamos falar com a mamãe – Davi falou empolgado com tudo que ouvira.

– Só que a história não acabou ainda, Davi.

– Você sabia que Paulinho era eu, quando criança? Você me pediu uma história de verdade e eu contei – falou o pai de Davi, sorrindo.

Davi ficou em pé na cama e gritou:

– Papai! Paulinho é você? Que máximo!

– Sim, sou eu mesmo!

Depois que comecei a conviver com Dora, passei a fazer as coisas com equilíbrio. Aprendi a história da balança polvo direitinho.

– Tudo em equilíbrio. Nada de fazer um e esquecer o outro. Entendeu?

84

– Logo depois que tudo isso aconteceu, sua avó Helena me contou que eu também fui adotado. Que meus pais de nascimento me deixaram num orfanato. Lá em casa éramos eu e Dora - os adotados e adorados – completou Paulo, com brilho nos olhos.

– A Dora virou famosa no bairro, como a cadela piratinha que salvava vidas e que passou a ser adorada e admirada por todos. Eu, Paulinho, virei Paulo – o filho tão amado da minha mãe Helena, que me ensinou todos os valores humanos que hoje ensino para você, e sou muito feliz por ter uma família tão linda.

– Papai, como assim? Você também foi adotado? Como a Dora?

– Sim, você nunca notou que a minha mãe é bem branquinha e tem olhos verdes e eu sou moreninho como um índio? – perguntou ao filho.

– Nunca percebi isso. E pessoas têm cor, papai? Toda vez que penso em você, imagino **amarelo**. Até quando eu sonho, a vovó é **azul** e a mamãe sempre aparece **verde**.

87

– Eu acho vocês dois iguaizinhos! Sabe aquele porta-retratos da sala da vovó? Quando eu vejo vocês dois de rostos coladinhos sorrindo, parecem até irmãos – falou Davi bem explicado como quem discorda muito do pai.

– É verdade filho. Você tem razão. Almas não têm cor. Nesse mundo, as pessoas são parecidas ou diferentes de acordo com o amor que sentem no coração e espalham para os outros.

– Boa noite, papai! Vamos dormir que amanhã quero ir com você e com a mamãe adotar nosso cachorro que também será adorado!

FIM

FEIRA DE ADOÇÕES

Conselhos de Davi para quem deseja adotar um amiguinho de quatro patas:

🐾 **Lembre-se que o seu PET vai precisar de cuidados.** Isso ficou muito claro para o Paulinho. A ideia de ter Dora era muito legal, ele se comprometeu em ajudar a família com os cuidados, mas ao longo do tempo se esqueceu disso e achou que ela era apenas mais um brinquedo.

Todo animalzinho adora brincar com a gente, mas tem necessidades parecidas com as nossas.

🐾 **Você vai precisar dedicar um pouco de tempo ao seu novo amiguinho.** Às vezes, as pessoas adotam um cão ou gato porque querem uma companhia. É importante lembrar que eles também precisam da nossa presença e de passeios diários. Paulinho levava Dora para passear no parcão todo dia. Lá ela fazia suas necessidades, corria e brincava com outros cães. Ah, não se esqueça de levar seu saquinho para recolher o cocô do seu bichinho. HIHIHI. Afinal, você é uma criança educada, né?

🐾 **Prepare-se para algumas surpresinhas.**

Até o animal mais educado e adestrado pode pregar alguma peça. No livro não fala, mas Dora, quando era filhote, ficou quase um dia inteiro sozinha em casa e rasgou o travesseiro preferido de Paulinho. Quando ele chegou a sua casa e viu a cena, ficou muito zangado por três segundos, mas logo caiu na risada quando ela fez uma carinha de inocente e se escondeu embaixo da mesa.

Assim como nós crianças, de vez em quando nossos animaizinhos vão fazer alguma bobagem, mas é sem querer destruir ou prejudicar ninguém. Seja amoroso e legal com eles nesses momentos.

🐾 **Prepare-se para ganhar muito amor.**

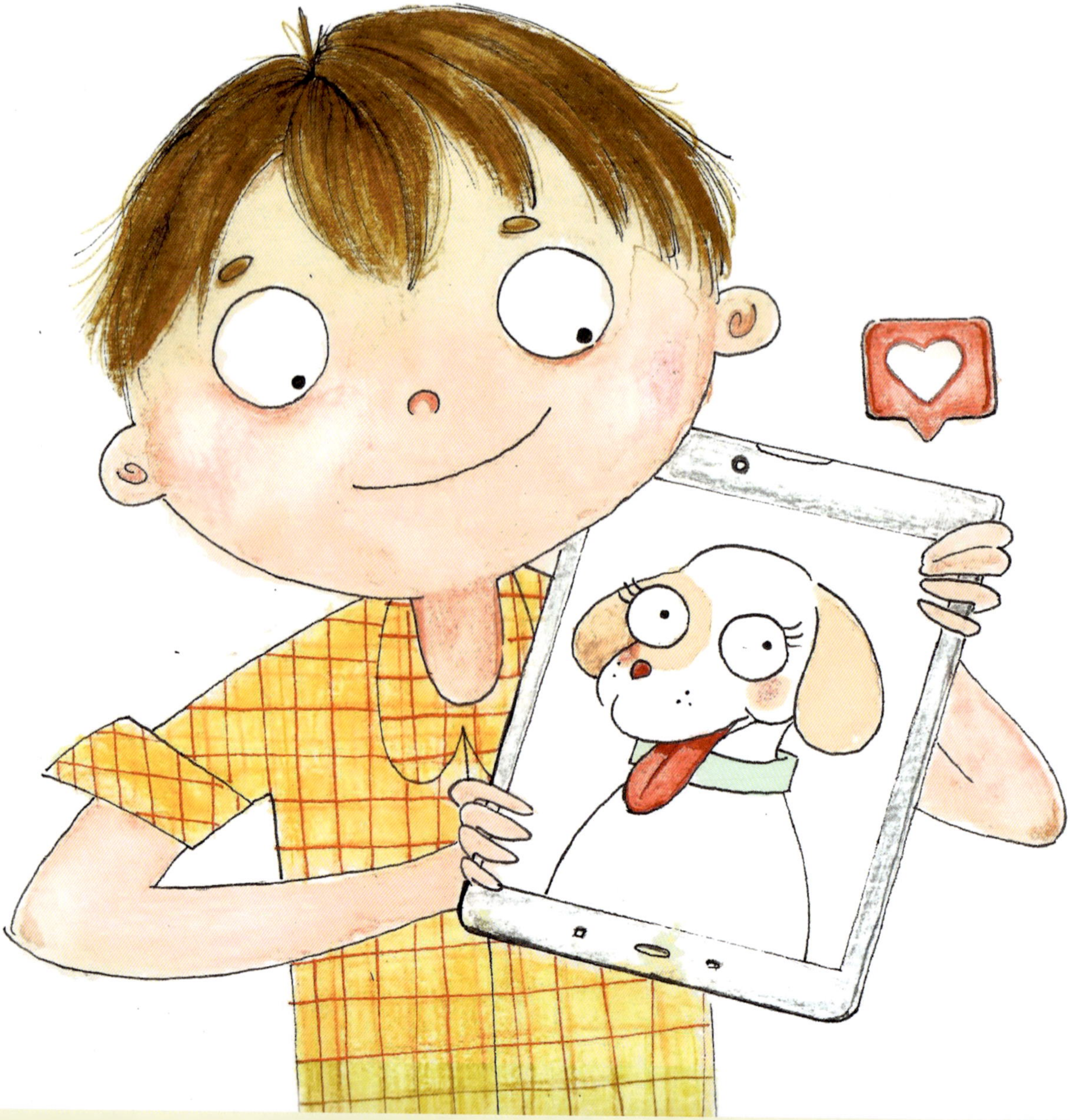

Parte dos direitos autorais deste livro foi cedida pelo autor, para apoiar instituições que todos os dias salvam animais das ruas e os preparam para se tornar fonte de alegria de milhares de famílias no Brasil.

#adotaréumatodeamor

Jaime Ribeiro é natural de Recife. Especialista no impacto da tecnologia nas relações humanas e fundador do Programa Socioemocional Saúde Emocional, é engenheiro químico formado pela Universidade Católica de Pernambuco e pós-graduado em Marketing pela Fundação Getúlio Vargas, no Rio de Janeiro. Suas duas paixões, literatura e cachorros, foram a inspiração para criar "Dora", seu primeiro livro infantil, que foi escrito para homenagear todos aqueles que tiveram a vida transformada pelo amor de um animal. Ele também é autor dos livros "Empatia - Por que as pessoas empáticas serão os líderes do futuro?" e "Empatia Todo Dia" que apontam a empatia como a habilidade que será mais valorizada pela sociedade, em um mundo cada vez mais dominado pela tecnologia e com maior fragilidade de laços entre as pessoas.

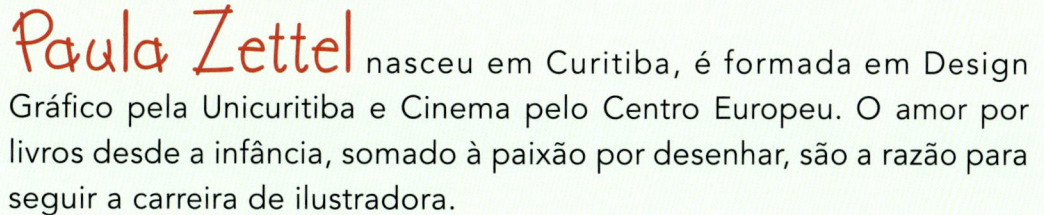

Paula Zettel nasceu em Curitiba, é formada em Design Gráfico pela Unicuritiba e Cinema pelo Centro Europeu. O amor por livros desde a infância, somado à paixão por desenhar, são a razão para seguir a carreira de ilustradora.